부산

부산

김홍희 시집

지혜

시인의 말

삼라만상을 떠돌다
자궁으로 돌아왔다

눈은 눈을 볼 수 없고
혀는 혀의 맛을 모른다

나는 비명을 잉태했다

— 김홍희

차례

1부

2부

3부

4부

- 일러두기

  페이지의 첫줄이 연과 연 사이의 띄어쓰기 줄에 해당할 경우 >로 표시합니다.

1부

부산

나는 부산이 좋다.

수도 없이 많은 나라를 떠돌아다닌 나에게 사람들이 가끔 묻는다.

"그렇게 많은 나라를 돌아다녔다던데, 어디가 가장 좋습디까?"

나는 두말없이 대답한다.

"내 고향, 부산."

난리통에 고향을 떠나 부산으로 오신 부모님. 여기서 아들 셋, 딸 하나를 줄줄이 낳으셨다. 그리고 고향의 할머니, 할아버지를 모시고 와 이 땅에서 사셨다. 뿐만 아니라 당신들과 함께한 긴 세월의 기억인 할아버지, 할머니를 차례로 부산땅에 묻으셨다. 그리고 나는 내 딸과 아들을 부산에서 낳았다.

나에게 부산은 개인의 애증사이지만, 크게는 민족의 시련을 송두리째 받아들이고 넉넉히 채워준 가마솥이다. 전쟁으로 밀어닥친 피난민들의 삶을 고스란히 안아준 터이자 독재에 항거한 수많은 열사를 낳은 곳이다.

바깥으로는 물건을 내다 파는 관문으로, 안으로는 민족의 주린 배를 채우는 입의 역할을 건강하게 해온 불 밝힌 항구다. 정치적 멸시와 천대를 두려워하지 않고 야당으로 살기를 수십 년. 그래도 꿋꿋하기만 하고 뒤끝 없는 사내들의 바다이자 억척스런 삶을 시장바닥에서 보낼지언정 자식만은 당당히 키워낸 어머니들의 땅이다.

사람들은 또 묻는다.

"아, 부산 말고 진짜 어디가 그래 좋습디까?"

"사랑에 빠졌던 곳."

사람들은 수긍을 하는 눈치다.

그러나 내 말은 그 뜻이 아니다. 애증으로 내가 나고, 애증으로 내가 크고, 또다시 애증으로 내 아이들이 커가는 이 땅.

도무지 사랑하지 않고서는 견딜 수 없는 이 부산이 정말로 좋다는 뜻이다.

"내 사랑 부산, 앙글나?"

66세가 되면

66세가 되면, 63세 아내가 여전히 곁에서 잔소리를 할 테고, 서른두 살 딸아이는 서울에서, 서른 살 아들은 지금처럼 내 집에서 직장을 오가고 있을 것입니다.

내 나이 서른셋까지는 한 가정을 건사할 수 있는 사람이 되고자 준비했습니다. 이후 33년 동안 가족을 위해 돈벌이하는 가장으로, 한편으로는 자기 이념을 추구하는 작가로, 어느 하나 소홀히 하지 않고 살아왔습니다.

재수 없으면 120세까지 산다고 하는 요즘 인생의 반의 반은 가족을 맞을 준비로, 그리고 그 반의반은 가족을 위해 살아왔습니다.

\>

아이들은 이제 독립했고 아내는 여전히 내 지갑의 두께를 염려하며 살지만 '나로도'의 아이들은 아무 걱정이 없습니다. 그저 로켓을 쏘아 올리면 가까운 달로는 그냥 가고 더 먼 우주로도 아무 일 없이 날아서 안착할 것이라고 생각합니다.

나는 이 아이들보다 한 갑자를 더 살아왔지만 나에게는 이들과 같은 한 갑자 이전의 꿈이 살아 있습니다. 여전히 우주의 끝까지 날아가서 그 끝을 본 무용담을 사람들에게 들려주고 싶습니다.

나의 우주의 끝은 젊은 날 떠돌던 수많은 대륙과 섬, 그리고 강과 바다를 건너 걸음을 뗀 추억입니다. 그들이 지금의

나를 만들었고 나는 그 꿈을 소중히 간직하고 있습니다.

아이들의 꿈이 우주를 향해 날아갈 때 나는 태국 남쪽 히피들의 천국이던 작은 섬 '꼬사무이'로 달려갑니다. 머리에는 꽃을 꽂고 사이키델릭과 매직머쉬룸에 취해 육십 평생이 바람에 날리는 겨자씨처럼 가벼웠노라고 젊은이들에게 전해주고 싶습니다. 그러니 지금을 즐기라고.

66세가 되면, 63세 아내가 여전히 곁에서 잔소리를 할 테고, 서른두 살 딸아이는 서울에서, 서른 살 아들은 지금처럼 내 집에서 직장을 오가고 있을 것입니다.

나의 아이들과 저기 나로도 아이들의 겨자씨처럼 가벼운

인생이 태산보다 무겁게 짓누를 때 그 근원을 말해주고 싶습니다. 지나갈 것이라고. 다 지나가고 아무런 무게도 질량도 없는, 한 줌도 안 되는 기억조차 사라질 것이라고.

그 모든 것이 사라져도 추구했던 꿈은 여전했노라고. 그 꿈이 바로 겨자씨 같은 너였고 태산 같은 무게를 견디게 해주었노라고.

그리고 다시 바람이 일기를 기다리고 있노라고.

청룡열차

쥬라기공원이 청룡열차를 운행하자 공룡들이 사람을 먹이로 삼는다는 소문이 돌기 시작했다.

그럴 리가 있냐던 사람들도 사람이 잡아먹히는 것을 보았다는 흉흉한 말에 하나둘 청룡열차 구경을 나섰다.

그런 말도 안 되는 것을 믿냐며 청룡열차를 타겠다는 사람이 하나 나서자 어떤 사람은 말리고 또 어떤 사람은 동승했다.

열차가 떠나자 사람들은 수군거렸다. 열차가 도착하기 전 사람들이 열차가 고장 났을 거라는 둥 공룡에게 다 잡아먹혔을 거라는 둥 웅성거릴 때 제시간에 맞춰 청룡열차가 모습을 드러냈다.

청룡열차에서 넋 나간 사람들이 한참을 내리더니 이어 헛웃음 가득한 사람들이 내렸다. 사람들은 하나같이 공룡에게 먹힌 사람이 누구냐고 소리쳐 물었지만 누구 하나 답하는 이가 없었다.

오늘도 쥬라기공원의 청룡열차는 만석이라고 한다.

황령산

뒤를 돌아보면 천문대, 나아가면 봉수대. 서둘러 다시 올라온 황령산은 서쪽으로 재촉하는 해를 잡지 못하고 어두워졌다. 천문대로 돌아가지도 못하고 봉수대로 나아갈 수도 없는 시간.

산꼭대기에서 삼각대를 폈다. 갈라진 바위틈에 삼각대를 단단히 고정하는 것은 경험과 요행이 모두 필요하다. 삼각대를 걸 수 없는 바위틈에서는 아무리 오랜 경험도 무색해지고 요행이 좋아 단단한 바위를 만날지라도 경험이 부족하면 원하는 모양대로 삼각대가 펴지지 않는다.

해는 졌지만 다행히 바위틈에 삼각대를 걸었다. 그러나 나는 사진을 찍지 못하고 산정의 세찬 바람을 피해 초라하게 바위틈에 쪼그리고 앉아 있었다. 전체를 하나로 보는 눈이 없다는 것을 실감하면 할수록 산정의 바람은 차가워지고 마음은 더욱 궁색해졌다. 그리고 보면 이미 낮에 둘러본 봉수대 위에서도 나는 한탄했다.

"사물의 골수를 찍어 그 전체를 드러내는 것이 사진이건만, 어이해 보면 볼수록 보이지 않는 것이 내 고향 땅인가?"

봉수대에서 본 고향 땅의 동서남북은 그 방향마다 각기 다른 모습이었다. 동쪽이 골수냐 하면 서쪽이 드러나고, 남쪽을 보자 하면 북쪽이 탓을 한다. 강을 찍자 하면 바다가 보이고, 바다를 찍자 하면 산이 뒤에 서 있는 것이었다.

\>

미천한 재주를 한탄하며 바위틈에 쪼그리고 앉아 있는데 어느새 도시가 불을 밝히기 시작했다. 약속이나 한 듯 사람이 만든 불이 일시에 바다를 드러내고, 어두운 산을 드러내고, 새로운 길을 만들고, 그 길은 모두 집으로 집으로 이어졌다. 바위틈을 빠져나온 나는 어둠 속에서 카메라를 챙기며 홀로 말했다.

"그래, 동쪽이면 어떻고 서쪽이면 어떠냐? 사람이 살지 않으면 별인들 무슨 소용이고 봉수댄들 무슨 소용이냐? 카메라는 온 우주를 다 담아도 그 무게 하나를 더하지 않는 법."

나는 천문대로도 가지 않고 봉수대로도 가지 않고 그저 휑하니 황령산을 내려와버렸다.

해운대

비가 그쳤다. 싱싱한 여름이다.

"어떻습니까? 사진 한 장 찍어도 될까요? 신문에 쓸 사진인데?"

기세도 좋게 모래사장을 발정난 개처럼 헤집고 다니며 이리 기웃 저리 기웃 사진 동냥을 해보지만 하나같이 거절이다. 누구는 돈 들여 자서전도 쓰겠다는데 이렇게 해 좋은 날 그냥 찍어준다는 기념 사진 한 장 안 찍겠다니. 새파란 하늘을 배경으로 시원한 사진을 찍어드리겠다는데.

"아, 얼굴이고 뭐고 안 찍겠다는데 왜 이래?"

>

입심이 발길질만큼이나 험악해진다.

바다가 좋은 것은, 모르는 사람이 물장난을 쳐와도 십년지기를 만난 것처럼 맞장구를 치며 깔깔거릴 수 있기 때문이라는 게 내 지론인데, 카메라를 들면 여지없이 깨져버린다. 도둑 촬영이라도 해버리고 싶은 심정이다.

해운대에 온 사람들은 다들 옷을 벗고 들어왔지만, 그게어디 벗었다고 다 벗은 것이던가. 비 그친 싱싱한 바닷가에오시는 분들, 제발 옷을 홀떡 벗고 카메라 앞에 거리낌 없이설 수 있는, 그런 짝을 데리고 오세요.

그리고 모델을 해주신 선남선녀님, 감사합니데이.

한 눈으로

나는 한쪽 눈이 보이지 않습니다.

어릴 때 어머니께서,

"니가 어른이 되면 엄마 눈을 뽑아 너에게 주겠다"고 말씀
하셨지요.

그때 제가 어머니께,

"어머니, 저의 한 눈은 세상이 보이고, 보이지 않는 한 눈
은 세계의 영혼이 보입니다."

이 말을 들은 어머니는 눈물을 글썽이며

"니 믿음이 나보다 낫다"고 하셨습니다.

>

저의 어머니 정수선 권사님은 이미 팔순 중반을 넘기고
계시고

저는 한 눈 없이 회갑 진갑을 다 지나 육십 중반을 향해
갑니다.

이쯤 살아보면 세상에는

없어도 견딜 만한 것들이 많다는 것을 압니다.

감동과 사랑이 그래도 세상에 있다면

우리의 삶은 고초로 피우는 꽃인 셈입니다.

푸조나무

수령 500년이 넘는 신목을 친견한다는 것, 그것은 거룩한 인연이다. 나무를 보자 우선 마음을 다해 예를 올렸다. 사람이 나무에게 예를 올리는 것은 사람이 사람에게 예를 올리는 것과 다름없다. 그는 그 오랜 세월 동안 도저히 사람의 가슴속에 담아둘 수 없었던 아픈 기원을 그저 온몸의 상처로 받았다.

감히 카메라를 들이대지 못하고 다시 예만 드리고 내려왔다.

"저녁에 다시 오겠습니다."

하루 종일 마음을 가라앉히고 다시 찾은 수영공원. 예를 드린 후 무릎을 꿇고 나무를 우러러보자 바람 한 점 없는 가운데 푸조나무가 춤을 추기 시작한다. 한 사람이 보이는 듯, 두 사람이 보이는 듯. 그러고는 사라졌다 또다시 나타난다.

이윽고 사바세계를 굽어보며 조용히 날개를 펴는 이가 계시더니 조용히 춤을 추기 시작한다.

"고맙습니다. 보여주신 모습 잘 담아갑니다."

기쁜 마음에 팔도시장에서 곱창과 소주 한 병을 비우는데 갑자기 눈이 충혈되고 아프다.

안약을 넣으면서 지금 이 글을 쓰고 있다.

'나무님, 나무님. 저나 제 친구들이 님의 사진 곱게 쓰겠습니다. 부디 눈을 아프게 하지 마시고 당신과 함께 이 격랑의 시련을 견디게 해주십시오.'

포장마차

"아, 카메라라는 기 눈만 있지 어디 체면이 있나. 아무 데나 휘둘러 대이 프라이버시가 문제지."

사진기를 들이대자 득달같이 날아드는 포장마차 사장님. 말은 그러면서 오징어튀김 하나를 얼른 손에 쥐어주며,

"아, 사진을 그래 찍어가꼬 어디 맛이 찍히나? 그렇고 그런 사진이나 찍히지."

엉겁결에 받아 든 튀김을 입에 물고 주춤거리는데 아저씨 사진 강의 최고의 명강의다.

"떡볶이 사진을 찍을라면 맛을 찍어야지. 맛을!"

사진기 하나 달랑 메고 떠돌아다닌 20년. 별의별 사람에, 별의별 사진 강의를 다 들어봤지만 이렇게 뒤통수가 다 멍해져 한번에 나자빠져 보기도 처음이다.

"아이씨, 근데 이 집은 와 이리 손님이 많소?"

대충 얼버무리며 넘어가려고 던진 말에 이번은 떡볶이 강의다.

"비결? 장사하는 사람 90프로가 유혹에 넘어가지. 어제 조금 남은 재료를 오늘 써도 손님들은 모르겠지 하고 또 쓰지. 그런데 그게 어디 글나? 혀가 용케 알지. 그 유혹을 건디기 어렵지. 십 원, 이십 원 남기는 장사에, 팔다 남았다고 몇만 원어치 물건 버리기 쉽나? 이 유혹을 버려야 손님이 오지."

유혹과 손님의 상관관계. 거 좋네.

"건 그렇고. 거기서 얼쩡거리지 말고 저기 뒷자리나 가서 앉으소."

떠밀리다시피 앉은 자리에 벌건 고추장 떡볶이 한 접시, 튀김이 한 접시 배달된다.

"술은 없는교?"

"술? 여기는 술 안 팔아."

포장마차라면 소주에 따뜻한 오뎅국물, 꼼장어에 해삼 멍게가 제격인데, 떡볶이에 술도 안 파는 튀김 포장마차라니. 접시 둘을 다 비우고 술 파는 포장마차를 기웃거리는데, 호객하는 아주머니 왈,

"손님 많은 포장마차 사진 찍을라꼬 그 카지요? 거 옛날 이야기요. 좋은 시절 다 갔심더. 그냥 조용히 한잔 하고 가이소."

자갈치시장

　불쑥 들이닥친 자갈치. 오늘이 바로 장날이다. 자갈치시장에 갈 때 어디 어물전 고기만 사러 가던가. 사람 구경에, 사는 구경에 넘실넘실 넘치는 기운 받으러 가지.

　"축제가 따로 인나? 묵고사는 기 축제고, 시장바닥이 축제바닥이지."

　사람에 떠밀려 좌충우돌. 진짜로 고기를 사러 온 아주머니, 제삿날 받아뒀는지 궁시렁궁시렁 잔치는 안중에도 없다. 하지만 아주머니, 이럴 때 사람에게 떠밀려 사는 맛을 못 보면, 피난길밖에서나 더 보겠소?

　눌러앉았다. 각설이 타령. 그 각설이 아저씨, 육자배기 목

청도 좋지. 마이크를 쥐고 이리 흔들고 저리 흔들어도 전혀 막힘 없네. 기운 옷이 청빈이요 요령 대신 엿가위라. 가진 것 없으니 빼앗길 것 또한 없다. 그리하니 어찌 입심이 안 좋을 수 있겠나. 횡설하고 수설하니 종횡에 무진이다.

"어이, 차 쫌 빼자, 차!"

난데없는 쉰 목소리가 마당 한복판에 꽂히자 궁뎅이가 홀러덩 다 보이게 각설이 아저씨 깊이 절한다.

"하이고, 아자씨. 니이미 염병 마즐라꼬 차를 거그다 댔소이? 나가 시방, 개구리 소년들을 차자야 항께, 차는 이따 찾고 아자씨 아그들이나 챙기쇼잉."

>

좋자고 한 잔칫집 앞마당에 웬 구구절절이 슬프디 슬픈
곡조냐. 각설이 아저씨 웃길 땐 언제더니, 갑자기 자식 둔
아비 어미 가슴팍 다 헤집어놓네.

"여보―, 우리 아―들은 다 잘 있제?"

집으로 전화해 물어보지도 못하게, 우째 그리 미안하게
만드는지.

"아이고, 내 새끼, 아이고 내 새끼."

이기대

"반딧불이가 사진에 찍힙니까?"

손 시인이 난데없이 물어왔다.

"글쎄 찍히기야 하겠지만 반딧불이 자체라기보다는 날아다니는 흐릿한 빛의 흔적 정도가 찍히지 않을까? 기계적으로는 사실상 무리일지 몰라. 그런데 왜요?"

"이기대에 반딧불이가 사는데 사진으로 될까 해서요."

"글쎄 아무래도 살아서 날아다니는 반딧불이를 찍는 것은 어려울 거야. 밀폐된 공간에 반딧불이의 수가 엄청 많다면 몰라도."

\>

그러고 보니 반딧불이를 본 적이 언제던가. 어머니 손을
잡고 아버지의 고향에 갔던 그날 밤, 세상은 온통 날아다니
는 별로 가득했다.

"엄마, 별이 날아다녀요."

싸리비를 들고 날아다니는 별을 쫓아 넘어지고 자빠지고,
벌써 40년도 전의 일이다.

그때 아버지가 말씀하셨다.

"홍희야, 반딧불이는 잡으면 빛이 없어져. 그냥 날아다녀
야 별이 된단다."

>

　친구여, 나의 천박한 재주로나마 반딧불이 사진을 찍을
수는 있소. 하지만 그대는 알 것이오. 내가 반딧불이를 사진
으로 찍으면 반딧불이는 더 이상 날아다니는 별이 아니라는
것을. 반딧불이의 빛은 필름에 노광되는 것보다 가슴속에
노광되어야 하는 놈이라오. 그냥 대신 사람의 불빛을 찍게
해주오.

　미안하외다.

2부

우체국

언젠가 본 적이 있는 연말 우체국의 넓은 방. 회색 자루들이 입을 벌린 채 사내를 중심으로 둘러앉아 있다. 사내는 익숙한 솜씨로 편지 뭉치를 들더니 손목의 움직임만으로 멀찍이 떨어져 있는 자루에 기계처럼 정확히 편지를 던져 넣고 있었다. 아가리를 벌린 채 편지를 날름 받아 먹는 자루들의 위치는 보지도 않는다. 눈은 그저 편지에만 고정되어 있고 손목의 움직임은 짧지만 절도가 날카롭다. 던지는 사내의 편지는 바늘이 꽂히듯 정확히 자기 갈 곳을 향해 정해진 자루 속으로 날아드는 것이었다.

"요새는 그런 거 보기 쉽지 않습니다. 혹시 우편집중국에 가면 볼 수 있을지 모르겠네요."

\>

전화로 문의한 부산우체국 직원의 말이다.

우편물이 대량으로 수거되어 1차로 들어온다는 시간이
오후 네 시에서 다섯 시. 여기저기 문의를 하다 시간을 다
빼앗겼다. 그래도 서두르면 우편물 대량 수거 시간을 맞출
수 있다. 바쁘게 차를 몰아 김해 대저의 부산우편집중국에
도착한 시간이 세 시 반.

"잠시 견학을 해보시면 알겠지만, 요즘은 모두 기계로 합
니다. 여기에만 하루 100만 통에서 150만 통이나 들어오는
편지를 일일이 손으로 분류하는 것은 거의 불가능한 시대가
되었습니다. 손으로 분류하는 것은 기계가 읽어내지 못하
는 것들뿐입니다."

>

전국의 22개 우편집중국은 어느새 전산화되고 기계화되었다. 구구절절한 사랑의 이야기도, 절박한 삶의 위급함도 맹렬히 돌아가는 기계가 분류할 뿐이다. 사람의 손으로 넘겨지는 것은 제 갈 길을 알지 못하는 길 잃은 편지들뿐.

연말의 우편집중국을 촬영하러 들어온 나 역시 길 잃은 추억의 편지 한 통에 불과했다. 우체국 직원은 나보다 더 아쉬워하며 말했다.

"손으로 편지를 분류하는 추억 사진을 못 찍어 어쩌지요?"

옥상 마을

　상상이 유치하게 끝나는 경우가 가끔 있다. 새로운 무엇인가가 아니라 이미 존재하는 것에 대한 설명을 듣고 가지게 되는 상상일 경우 더욱 그러하다.

　거기다 사진까지 등장하면 이런 오류를 더욱 부추긴다. 사진이 존재 증명을 위한 도구로만 사용되면 그 오류의 폭을 줄일 수 있다. 하지만 사진가는 세계를 직사각형 파인더 속에 밀어 넣으면서 무엇을 강조하고 무엇을 뺄 것인가를 알게 모르게 정하며 서터를 끊는다. 이때 서터를 끊는 행위가 곧 그가 본 세계를 자신의 사유의 틀 속에 가두어버리는 행위다. 존재 증명이자 다시 관념 증명이 되어버리는 것이다. 이것이 사진의 숙명이다.

>

세계적인 관광지 사진을 보고 현장을 답사한 사람들이 실망하는 이유도 이것이다. 그리고 그 순간의 느낌은 온몸으로 기억하지만, 광경은 다시 자신이 이전에 보았던 사진을 통해 재각인되는 것이다.

옥상 마을이라는 말을 듣는 순간 왠지 너절하고 삶에 지친 오래전 우리의 삶을 상상했다. 그러나 실제 옥상 마을을 방문하는 순간, 입이 딱 벌어졌다. 시장 옥상에 지어진 집들이 얼마나 깨끗하고 단정한지. 좁은 골목길이지만 담배꽁초 하나 떨어져 있지 않았다. 나의 너절한 상상을 단번에 깬 것이다.

이런 경우, 사진을 찍는 나의 행위는 존재 증명도 아니고

관념 증명도 아닌 무위로 끝나게 된다. 그래서 나는 오늘도
카메라를 들고 배회하고 있는 것이다.

오륙도 등대

폐허.

오륙도 선착장을 본 순간 머릿속에 떠오른 첫말이었다. 그 가벼운 이름의 태풍, 매미가 휩쓸고 지나간 흔적이란 말인가?

등대 촬영을 하러 이곳에 들어온 며칠 전, 등대 꼭대기 불 밝히는 곳으로 올라가 막 사진을 찍으려는데 사위가 일시에 어두워지더니 금세 주먹만 한 비가 뿌렸다. 멀리 부산 전경이 보이는 등대 속을 찍고 싶었는데 갑자기 아무것도 보이지 않는 허공에 갇힌 신세가 되고 말았다.

내일을 기약하고 온 등대는 뱃길도 땅길도 다 막혀버렸다. 파도에 밀려온 테트라포드가 열 개도 넘게 길을 막고 섰다. 선착장에 있던 식당은 앙상한 뼈대만 남은 쓰레기통으로 변했다. 해녀들은 폐허 속에 아무렇게나 주르르 걸터 앉았다.

기억해낼 수 없는 어제는 눈을 감고 되새겨야 한다. 눈을 감은 곳에 길이 있다. 해녀들은 원망과 체념의 말 대신 오늘 집을 나서며 있었던 집안 이야기로 공허한 폐허를 메운다.

그럼! 절망으로 메울 수는 없지. 일상으로 메워야지.

밤이 되자 등대에 여지없이 불이 들어온다. 폐허 전의, 기억의 불을, 사랑하는 당신이 밝혔다.

영도다리

"머 할라꼬?"

"아, 부산에 귀한 것이 없어질지도 모른다 해서 사진 찍을라꼬예."

"찍어서 뭐 하는데?"

신단 앞의 노파는 검은 선글라스 너머로 눈을 희번덕거렸다. 눈과 달리 목소리는 세파를 이겨온 정이 넘친다.

"신문에 쓸라꼬예."

"맞제? 영도다리가 없어지면 안 되지. 그건 그렇고, 니 기자 아이네!"

누가 기자라고 했나? 놀라서 되물었다.

>

"우째 아는교? 눈도 어두우시면서."

장미화 점집 방바닥에 엎드려 영도다리를 찍는 동안 점집 할머니는 이런저런 말씀을 쉼 없이 하신다.

"인자는 다 나가고 서너 집밖에 없다. 옛날이 좋다 나쁘다 말도 몬하지. 다 시절 따라가는 거니까."

"영도다리가 남아나겠는교 아이면 없어지겠는교?"

대뜸 던진 내 질문에 우문현답이다.

"사람들이 없애지 말자카이 없어지기야 하겠나."

\>

영도다리 없어지지 말고, 장미화 점집 할매는 건강하게
오래오래 사이소이.

연탄집

"요새 연탄집이 어딨노?"

이전에는 흔하디 흔하던 연탄집을 찾아 나선 길에서 만나는 사람마다 건네는 말이다.

"요 아래 연탄집이 있기는 있었지. 그런데 그 할아버지가 돌아가시고는 깨끗하게 문 닫았지, 아마."

얼마 전까지 연탄집이 있었다는 곳에 가보니 이미 시커먼 연탄집은 간 곳이 없고 알록달록한 여성 의류를 내건 작은 양품점이 길 좁은 골목의 대낮을 푸르스레한 형광등으로 밝히고 있었다.

>

"소림사 옆에 가면 연탄집이 하나 있기는 있는데 장사를
하는지는 모르겠네."

지나가는 사람의 말을 믿고 달려온 초량초등학교 언덕
길. 만나는 사람마다 붙들고 물어도 연탄집이 어디 있는지
속 시원하게 가르쳐주는 사람이 없다. 지나가던 아주머니
가 친절하게 산복도로에 가면 연탄집이 하나 있다고 알려준
다. 귀가 솔깃해 발길을 옮기려는데 조금 전 지나쳤던 길가
에 거의 다 내려놓은 녹슨 셔터 문에 검붉은 페인트로 써놓
은 '연탄'이라는 글씨가 보였다.

안을 들여다보니 장정 하나가 양팔을 벌리면 사방이 맞닿
을 만한 작은 공간 한쪽 벽에 연탄이 몇 장 쌓여 있었다.

＞

'이래서는 그림이 나오지 않지.'

결국 아주머니가 일러준 산복도로로 발길을 돌렸다.

물어물어 찾아간 산복도로의 연탄집은 예전의 연탄집이
아니었다. 비스듬히 열려 있는 문틈으로 들여다본 연탄 창
고는 두 평이 채 안 될 크기였다. 연탄은 안쪽 벽에 조금 쌓
아두고 나머지 빈자리는 모두 파지가 차지하고 있었다.

"연탄 장사가 제대로 되나? 차라리 파지라도 모아 파는 것
이 낫지."

간판은 떨어져나간 지 오래. 누가 연탄집이라고 일러주

지 않는 다음에야 연탄집인지 아닌지조차 알 수 없는 모습
으로 쇠락해가는 한 시대의 검은 유물.

　나는 결국 연탄이 아니라 '망양로 685번지'에 포커스를 맞
추었다.

숲

난리통에 산기슭 높은 곳까지 집들이 들어서고 벌건 흙이 다 드러나도록 땔감을 해다 쓰던 어른들이 언제부터인가 다시 나무를 심기 시작했다. 어른들이 나무를 심은 지 얼마 지나지 않았을 때 동네 뒷산은 어디나 아까시뿐이었다. 얼마 후 어른들은 톱을 들고 다시 산을 올랐다. 그리고 아까시란 아까시는 모조리 베어버리고 다른 나무를 심기 시작했다.

아까시나무를 심는 데도 열심이다가 베는 데도 열심이시던 일원이 아버님은 숲 깊은 산골에서 부산으로 살러 오신 분이셨다. 그 곁에 항상 질세라 톱과 괭이로 산을 오르시던 승원이 아버님도 마찬가지로 시골 분이셨다. 그리고 보면 대개 시골이나 산골에서 오신 분들이 그런 일을 하셨다. 당신들이 살던 고향의 숲은 어떠했고 어떻게 해야 그런 숲이

60

되는 줄 아는 분들이셨기 때문일 것이다.

그런 분들 덕분에 고향 뒷산은 아까시의 건조한 회색 수
피와는 다른 색들로 채워지기 시작했다. 어렵기만 하던 시
절, 그 어른들의 마음속에 숲이 살아 있지 않았다면 그때로
부터 몇십 년이 지난 뒤인 '지금'의 숲은 없었을 것이다. 지
금 내 고향 부산의 구덕산이 시뻘건 민둥산이다가 제법 울
창한 숲을 이루게 된 것도 다 그런 분들 마음속에 살아 있던
숲 덕분인 셈이다.

숲을 잃는 것은 두려운 일이다. 하지만 숲을 동경하는 마
음을 잃는 것은 더욱 두려운 일이다.

서면 1번가

사실 우리는 그렇게 많은 것을 바라지 않는다. 대개 일용할 양식을 얻는 것으로도 행복을 느낀다. 그리고 그것으로 하루하루 즐거운 삶을 영위해나갈 만한 충분한 준비가 되어 있다.

병이 가득 차 있어야만 잔을 채울 수 있는 것은 아니다. 병이 반쯤만 차 있어도, 아니 반의반만 차 있어도 잔을 채우고 나눌 수 있다. 병을 가득 채운 후에야만 나눌 수 있다고 고집을 부리지 않는 한 나눔은 언제나 가능하다.

태초의 풍요는 병 하나를 다 채운 뒤에 나누고자 함으로써 궁핍해졌고, 우리는 거룩한 신의 이름으로 빈 잔을 채웠다. 그리고 신의 이름은 언제나 희망보다 절망을 대신했다.

절망이란 이름의 신으로 우리의 빈 잔을 채우지 않으려면

희망으로 가득 찬 빈 병도 있어야 한다.

아, 누구였던가. 태초에 잔과 병을 나눈 이는?

산복도로

길은 욕망의 상처다. 욕망은 끝없이 상처를 주고 상처는 딱지로 아물어 단단한 길이 된다.

산과 들은 청춘이다. 청춘은 그저 상처받기 쉽고 청춘의 상처는 쉽게 아물지 않는다. 아물지 않은 상처는 또 다른 상처를 내고 단단히 아문 상처는 다른 상처를 치유한다. 길이 상처로 남으면 우리는 단절되고 딱지가 앉으면 서로를 연결한다.

우리가 사랑해야 할 것은 욕망이 아니라 욕망으로 상처 난 길이다. 욕망을 멈출 수 없다면 상처를 사랑해야 한다.

상처받은 길에 대한 사랑은 사람들의 발걸음이다. 욕망

은 청춘을 상처주고 상처받은 청춘은 사람들의 발걸음으로 아문다. 욕망으로 상처받고 사람들의 발걸음으로 단단히 아문 것이 길이다. 아물지 않은 것은 아직 길이 아니다. 단단히 아문 것만이 다른 상처를 치유하기 때문이다.

그래서 길은 단절을 넘어 연결을 꿈꾸는 자다.

복천동 고분

고분古墳은 무덤이다. 복천동 고분에 해가 지고 가로등이 들어오기 시작하는 시간. 야경 촬영을 위해 사진기를 설치해 둔 무덤가를 서성이고 있는 나에게 흰 옷을 입은 청춘 남녀가 불쑥 다가와 묻는다.

"아저씨, 이 시간에 들어와도 되는 거죠?"

복천동 고분의 통금은 저녁 여섯 시. 공원은 산 자의 몫에서 죽은 자의 몫으로 넘어간 지 두 시간이 넘었다. 죽은 자를 쉬게 하는 시간이다. 이미 오래전에 죽은 자도 쉬어야 한다. 이 시간 무덤 옆에 산 자라고는 촬영 허락을 받은 나 하나. 그리고 난데없이 나타난 흰 옷 입은 청춘 둘. 뭐라 답도 하기 전에 흰 옷들은 오던 길을 되돌아가 능선 중간쯤에서 춤을 춘다. 껴안기도 하고 입을 맞추기도 한다.

  복천동의 오랜 무덤. 뜨거운 팔월에 꽉 막혀 숨구멍도 없
는 유리 돔으로 덮어버렸다. 한밤에도 불을 밝히니 죽은 자
눈을 감고 쉴 수도 없다.

  푸른 어둠 속에서 어슴푸레 움직이는 흰 옷들의 거친 숨
소리. 산 자의 존재 확인이다. 죽어서조차 쉴 수 없다면 차
라리 죽지 말아야 하는 것을.

문현동 곱창골목

　시뻘건 숯불에 사람들이 다 탄다. 뜨거운 초여름의 후텁지근한 장마. 부딪치는 작은 잔은 섬광 속의 빅뱅들. 열을 식히는 것은 똬리를 틀고 날름거리는 시뻘건 숯불이다. 차가운 얼음도 아니고 냉기 불어대는 에어컨도 아니다.

　그 숯불 용하기도 하지. 뜨거운 입김으로 불어내는 사람들의 육담. 쉴 새 없이 돌아가는 술잔 속의 응어리. 다 삭여버리니. 곱창집, 판자 도배 밑을 떠도는 차마 말 못한 애간장까지 다 그을려버린다. 어디 삭이기만 하나. 가슴속 깊이 묻어둔 애증도 다 농익혀, 터뜨려버리지.

　그 술잔 참 용하기도 하지. 부어 마시면 들어간 만큼 나올 쓰디쓴 중오. 허나, 어째서 나오는 것은 하나같이 삭이고 삭인 치정癡情한 삶의 연민이던가.

이전에 만난 곳 기억 없다. 이전에 만난 때 기억 없다. 잔
을 부딪치는 여기가 빅뱅. 우주의 시작이다.

아, 우리는 도대체 몇 번째 빅뱅에서 만난 것인가.

3부

몰운대

신화란 닿을 듯 닿지 않는 그리움이다.

그리움은 기억의 끄나풀을 당기면 쥐어질 듯 선연히 다가오지만 막상 손에 쥘 수는 없는 것이다. 확연한 가슴속 존재이나 꺼내어 만질 수 없다. 꺼내어서도 안 되고 만져서도 안된다. 꺼내어 만지는 순간 그리움은 사라지고 신화는 현실로 돌아서기 때문이다.

안개 속에서 나타났다 안개 속으로 사라지는 것은 신비롭다. 손을 내밀면 잡힐 듯 그러나 도저히 잡을 수 없다면 더욱 그러하다. 안개 속의 것은 안개 속에, 잡을 수 없는 것은 잡을 수 없는 신비 그대로 두어야 한다.

\>

    사람들이 신화를 하나씩 둘씩 잃어가는 것은 내 집 울타리로 가두어버리기 때문이다. 그대로 두어야 할 것들을 모두 손아귀에 넣어버리기 때문이다.

    그래서 오늘 만난 몰운대는 스스로 안개를 걷고 저 푸른 바다 속으로 비상飛上을 꿈꾸는 것이다.

동물원에서

"우리에 갇힌 놈은 이미 사자가 아냐."

가족을 동반한 사내가 사자 우리 앞을 지나가며 이렇게
말했다.

"그럼 저놈은 고양이야?"

사자 우리 속으로 렌즈를 밀어 넣으며 사내의 말을 되받
고 싶었지만 말을 삼켰다. 어쩌면 사내의 말이 옳을지도 모
른다는 생각이 불현듯 들었기 때문이다. 그 생각이 들자 나
는 우리 사이로 밀어 넣었던 렌즈를 빼냈다.

사내의 말을 따라가 보면, 우리에 가둔 짐승은 진짜 사자
가 아니다. 그것은 사자의 환영이자 환상이다. 우리가 원하
는 것은 이 환영과 환상을 통해 사바나로 가는 것이고 진짜

야성의 사자를 만나는 것이다. 그러니 우리 속의 사자는 진짜 사자를 만나게 해주는 매개체일 뿐이다.

　카메라 렌즈를 다시 우리 사이로 밀어 넣고 셔터를 끊으려 하자 사내의 말이 꼬리에 꼬리를 물고 머릿속을 맴돈다. 그렇다면 상상의 매개체를 통해 만나는 사바나의 사자는 진짜 사자인가. 그 사자 역시 상상 속의 사자일 뿐이잖아. 우리 속에 갇힌 사자는 상상의 매개물이고, 사바나의 사자는 지금 이 자리에서 만날 수 없는 또 다른 상상의 존재일 뿐이잖아. 그렇다면 둘 다 가짜야?

　그때 어린 아이가 엄마 손을 뿌리치며 내 쪽으로 달려와 고함을 질렀다.

"엄마, 사자다, 사자!"

내가 셔터를 끊은 것은 분명히 그 순간이었다. 아이가 사자를 보고 사자라고 고함을 치던 그 순간, 셔터가 끊어졌다. 그리고 뒤이어 아이 엄마의 목소리가 들려왔다.

"그럼, 그게 바로 사자야, 사자!"

도심 열차

이제 열차는 기적을 울리지 않는다. 그들은 기적 소리 대신 황급한 경적만 울릴 뿐이다.

기적을 울리던 열차는 모두 떠났다. 아비의 회한과 어미의 기대를 다 쓸어안고 떠나버렸다. 그렇게 목놓아 울어주었는데, 울고 울어 쉬어진 목이, 서원誓願도 체념도 길기만했는데.

모든 아비될 자와 모든 어미될 자가 남긴 기약은 그 긴 기적 소리를 기다리며 서성이는데, 돌아온 플랫폼에는 불밝힌 황급한 경적.

그 긴 세월, 지친 기약은 하나둘 도시로 스며들었다. 껌벅

이며 드는 선술집 저녁 불이라도 멀리서 기적 소리 밝혀주
어야 하거늘. 도시로 떠난 기약은 모두 어디로 갔는가?

아비의 회한, 어미의 기대, 전대처럼 허리춤에 차고 떠난
아들과 딸들, 서원도 기대도 다 빼어 쓰고 체념과 후회가 얄
팍한 전대를 채울 즈음. 지금, 기적은 울려야 한다. 기적이
울려야 서성이는 기약을 흔들어 깨울 수 있는데…….

이제 열차는 기적을 울리지 않는다. 그들은 기적 소리 대
신 황급한 경적만 울릴 뿐이다.

달맞이언덕

요즘은 달구경도 쉽지 않다. 특히 도시에 살면 달이 뜨는 것에도, 해가 뜨는 것에도 무감해진다. 해가 뜨고 달이 떠서 아침이 오고 저녁이 오는 것이 아니라 아침 뉴스로 하루가 시작되고 마감 뉴스로 하루가 간다.

계수나무 한 나무 토끼 한 마리는 이미 옛 이야기다. 도시민은 달 밝은 밤길을 재촉하던 것도 다 잊어버렸다. 달이 있으나 없으나 상관없다. 어두우면 스위치 하나로 만사 오케이다.

그런데 사람들은 가끔씩 전원을 끄고 달을 보러 온다. 달에 가보니 없더라는데도 달집의 계수나무와 토끼 한 마리를 하염없이 기다린다. 사람들에게는 여전히 방아 찧는 옥토

끼가 적어도 한 마리는 거기에 있어야 하는 모양이다.

　모두가 전깃불을 밝히니 달구경이 쉽지 않다. 아예 안중
에서 사라진 지 오래다. 그런데도 사람들은 불을 끄고 달을
보러 온다. 아마 영영 달의 존재를 잊어버리고 달을 보러 가
는 일조차 없어졌을 때 우리는 달보다는 달맞이언덕이란 이
름으로 달을 보던 옛일을 기억하게 될지도 모르겠다.

낙동강역

그런 날 있지 않은가? 까마득한 옛사랑이 불현듯 떠오르는 날. 도무지, 아무런 이유도 없이 사랑에 미련하기만 했던 부끄러운 기억의 통로 속으로 빨려 들어가 허우적거리게 되는 어처구니없는 날. 왜 그런 날 있지 않은가.

밤새 입술을 맡겼던 눈 밑 검은 소주잔을 내던지고 주섬주섬 카메라를 챙겨 옛길을 더듬다 어두운 기억의 긴 통로 끝에서 마주치는 눈빛.

어디서 꼭 한 번은 만난 적 있는, 적어도 한 번은 본 적 있는 사람을 다시 본 듯, 놀란 얼굴로 수줍게 맞추던 단발머리 눈빛이 대합실을 빠져나가고, 선로 위에는 내리는 사람, 타는 사람 다 세어도 한 주먹을 채우지 못하는 완행열차가 들어선다. 나풀거리던 벚꽃 바람 속의 단발머리 그 계집처럼 그저 추억은 그대로 두어야 하거늘. 그 좁은 속살 밭에 오지랖 넓은 고속철이 미련도 없이 달린다. 머리카락처럼 흔들리던 벚나무, 모두 베이길 잘했지. 꽃 바람 속에 번들거릴 옛사랑의 눈빛을 외면했어야 할지도 모르니까.

그래, 사랑했었다. 낙동강역.

기장시장

"하이고, 정부가 먼 필요가 있노."

살집 좋고 입심 좋은 아주머니, 사람 만났다.

"사진기라도 들고 시장바닥에 올 만하면 다 이유가 있어 오제? 니 잘난 맛에 오제?"

눈을 마주치기도 전에 연타로 쏘아댄다.

"시장만 잘 돌아가봐라. 나랏님이라도 거들떠나보는가. 시끄럽기는 거나 여나 매항가지지. 앙 글쏘? 그래도 우리는 흥정이라도 하면 물건이라도 오가지. 거야 말밖에 더 오가나?"

>

　말을 받아 한마디 건네고 싶은데 눈빛이 마주칠 새도 없이 어물전 생선에 잔 얼음 붙듯 다시 쏟아진다.

　"날 덥어도 파라솔 치고, 비가 와도 파라솔 치고, 해 가리개 파라솔 따로 있고 비 가리개 파라솔 따로 있나? 파라솔 하나 가꼬 얼매나 요긴하게 쓰노. 요래도 쓰고 저래도 쓰고. 사람이 우째 다 가지노? 있는 거 가꼬 요래조래 소중하이 써야지. 누가 파라솔 치라 한다꼬 치나? 다 순리 따라, 안 디일라꼬, 안 젖을라꼬 치는 기지. 감 놔라 배 놔라 할끼 아이라, 순리 따라가면 되는 기제. 거야 옛날부터 시장보다 못했지. 그럼, 훨씬 못했지. 시장에는 왕이라도 있지. 손님이 왕 아이요? 오시면 살맛 나고, 안 오시면 그립기가 하늘같고 그런 기지. 손님은 없고 떠드는 사람만 있어보소. 뭔 장사가 되겠

노? 손님 귀한 줄 알아야지."

　다른 손님이 난전에 깔아둔 생선을 뒤집어 들고, 생선 눈알이라도 코끝에 대보지 않았더라면 말도 한마디 못하고 밀려날 판이다.

　"아이고, 아지메 입담에 사진기가 주눅이 팍 들어뿐네."

　"하이고, 이 노랑머리 아이씨, 내 말은 듣도 안코 철컥철컥 잘도 눌러대더만. 아이씨, 사진 다 찍었지요? 그라몬 문어나 한 마리 하소. 소주에 척척 걸쳐 자시면 내 배알 최고요."

　받아 든 문어 한 마리, 소주 한 병. 냉큼 시장 옥상에 오르는데 계단 밑에서 들려오는 소리.

"어이, 거 라디오 뉴스 쫌 꺼라. 맨날 듣고 듣는 소리에 손
님 다 떨어진다!"

건널목

딸랑딸랑 소리를 내며 내려오는 차단기 속도처럼 천천히 시간이 멈춘다. 시간을 동서로 가르든 남북으로 나누든, 차단기 밖의 시간이 멈춰 섰다. 그리고 오직 열차만이 차단기 속의 시간을 내달려 공간을 가른다.

건널목은 차단기를 경계로 시간이 멈추는 바깥과 그 멈춘 시간 속의 질주를 들여다볼 수 있는 묘한 곳이다.

"올라가는 차는 정확하지. 내려오는 차가 약간씩 연착을 하지만."

건널목을 지키는 쪽방에 비집고 들어가 창틀 사이로 달리는 열차를 기다리는데 철도원 아저씨는 묻지도 않은 말을 들려준다.

　정시에 지나든 연착을 하든, 멈춰진 시간 속의 질주가 끝나면 차단기가 다시 올라간다. 그러면 차단기의 속도만큼이나 천천히 시간이 다시 살아나고, 사람들은 어슬렁거리며 멈춘 시간 속에서 하나둘 발걸음을 떼기 시작한다. 그리고 다시 차단기 안쪽의 시간이 멈춘다.

　사람들은 멈추어진 시간 속으로 들어서서 걷는 것이다.

가을 운동회

함성에는 묘한 힘이 있다.

사람들이 여럿 모여 지르는 고함에는 진동하는 생명의 에
너지가 있다. 거기에는 상대를 제압하는 힘도 있고 상대를
북돋우는 힘도 있다. 당연히 자신을 북돋우기도 하고 두려
움을 가려주기도 한다.

인간은 약하디 약한 고독자다.

고독과 연약함을 메울 수 있는 것이 공동체 생활이다. 같
은 곳을 향해 지르는 함성은 공동체로서의 존재 확인이다.

가을이 되면 어김없이 운동회가 열린다.

신생 학교인 기장군 교리초등학교에서도 운동회가 열렸
다. 기록주의나 승리주의를 배제한 전원 참여의 마당이다.

평소 운동이나 유희 결과를 부모와 동네 사람들에게 선보이는 밝은 마당이다. 어른들은 대견스럽게 커가는 아이들의 모습을 새삼 확인하고 아이들은 자주적으로 협력하고 책임지는 모습을 선보인다.

청군 백군으로 나뉘어 아이들이 함성을 지른다. 어른들도 따라 함성을 지른다. 학교는 물론 온 동네가 함성 속에 진동한다. 생명의 진동이다. 거기에는 선의의 경쟁은 있으나 악의에 찬 전쟁은 없다. 이때의 함성은 상대를 제압하는 소리가 아니라 상대조차 북돋우는 생명의 진동, 그 자체다. 생명의 진동은 상생의 진동이다.

가을 초등학교 운동회에서 불현듯 울컥 울먹이게 되는 것은 너와 내가, 우리가 같은 곳을 향해 상생의 진동을 하는 '생명'이라는 것을 새삼 깨닫기 때문이다.

물렁물렁한책

물렁물렁한여자가물렁물렁한감사를물렁물렁한책을쓴물
렁물렁하지않은남자에게물렁물렁하게보내면물렁물렁한남
자가물렁물렁하기를물렁물렁하게멈추는데그것은물렁물렁
한남자가본래물렁물렁하지않던지너무물렁물렁하던지라고
물렁물렁한남자가물렁물렁한여자한테물렁물렁하게말하는
데물렁물렁한여자가물렁물렁한남자에게물렁물렁하게물렁
물렁한것이울렁울렁한것이라고물렁물렁하게말하고말면물
렁물렁한것이울렁울렁할것을알았다는건지울렁울렁해서물
렁물렁할것을알았다는건지도대체물렁물렁한것은도대체울
렁울렁해서

갑甲

　조치원을 지나던 여자는 고산자와 동행이 되어 지도 밖으로 나가고 나는 그들이 가고 난 먼 길을 물끄러미 바라보고만 있었네 내 인생이라는 놈은 언제나 남이 간 길을 물끄러미 바라보기만 하다 오늘에 이르러 갑에 이르렀으니 그러고 보면 오늘 여기 온 길도 다 남들이 왔던 그 길 이걸 알아차리는 데 걸리는 시간이 갑이라니

범어사

천지를 뒤흔드는 목탁 소리에 온몸의 세포가 소스라치게 놀란다. 법계보다 세상보다 먼저 놀란다.

우주의 질서를 먼저 깨워라. 그래야 세상을 연다.

막 잠에서 깨어난 숨 쉬는 모든 것과 숨 쉬지 않는 모든 것은 호와 흡으로 이어내는 종송鍾頌. 일체 중생의 정각正覺은 종송 안에도 밖에도 없다. 때는 천문이 열리는 인시寅時다.

더불어 사람으로 온 자는 쇠가죽을 두드려 짐승의 말로 설說하나니, 법고法鼓가 네 발 달린 짐승의 귀를 연다. 모든 수중생水中生의 미망은 목어木魚가 깨우나니, 하늘을 나는 일체 중생들아, 너희는 운판雲版에 날갯짓을 더하여라. 다만 범종梵鐘의 긴 울림은 끊이지 않으리니, 지옥 중생들아 지금, 고통을 놓고 쉬어라.

들을 귀 없는 무정물無情物은 대비로 쓸고 어루만져라. 어제의 너다. 너의 내일이다. 대비 끝자락에 날리는 먼지다.

보아라, 저 스님 마음 끝자락.

4부

우리가 아는 모든 것들*

땅의 기초를 놓아 북두칠성과

그것을 도량하는 법을 세워

허공에 줄을

끊어지지 않게 한 것과

바다의 모태를 열고

한계의 빗장을 질러

높은 파도가 너의 발끝에서

그치게 한 것과

바다의 샘에 들어가

깊은 물 밑을 걸어

아침이 오기 전 새벽의 자리를

정하여 일러준 것과

눈의 곳간과 우박 창고의
크기를 아는 동풍이
어느 길과 땅에서
흩어질 것과

비의 아비와 이슬방울을 잉태한
하늘의 물주머니를 기울여
황무한 땅과 토지가 흡족히
비옥해지는 것과

악어와 악어새의 관계의 시작과

비구름과 햇살의 언약인 무지개의 끝과

하늘의 별을 돌다리 삼아 건너는

저 무리의 영혼 중에

누가 지식으로 하늘의 구름을 셀 수 있으며

가슴속 지혜와 수탉의 슬기로

먹이를 사냥해 젊은 사자의

식욕을 채울 수 있겠는가

다만 한 생각과

창조의 때에 이르러

스스로 의심을 거두고 홀로 적요한

우리가 아는 모든 것들 또한

* 성경 욥기의 오마주

5월의 웨일스

일 만 날이 지난 아주 옛날 옛적에
웨일스의 한 뒷골목에서 길을 잃고
낡은 교회의 뒤뜰에 들어간 적이 있었지

거기에는 첨탑이 구름을 뚫고
파란 하늘 위에서 세상을
내려다보고 있었지

교회의 뒤뜰은 공동묘지로
하나같이 첨탑처럼 고개를 든 비석들이
하늘을 향해 머리를 들고 서 있었는데

한 줄 검은 비문이

칼날처럼 나의 간담을 베고 지나 갔었지

"오늘은 내 차례, 내일은 니 차례"

그렇게 내일이 일 만 번이나 지난
5월의 하늘 아래
나는 여전히 살아 있네

그러고 보면
아직 나의 또 다른 일 만 날이 남아 있을지
모르는 지금도

5월 하늘은 거기나 여기나 여전하고

앞으로도 여전할 것인데

이렇게 세월이 지나 내가 아는 것은 다만

그날 이후의 일 만 날처럼

다 채울지 모른다는 것

사랑한다고

사랑했다고

아직도 말할 수 있는 날들이 그리

많지 않다는 것을

웨일스의 길 잃은 뒷골목에서

차마 깨닫지 못하고

일 만 날이 지난 아주 오래고 오랜 미래의 오늘

\>

가슴을 푹푹 찌르고 있네

씻김굿

늙은 사람 죽지말고
젊은 사람 늙지마라
옛날 옛날 옛적부터
우리 소원 이랬건만

어찌하여 스물둘에
시월하고 스무아흐레
공든 탑이 무너지고
믿는 도끼가 발등을 찍소

여보시오 사람들아
혼 맞으러 오시시오
넋 맞으러 오시시오

영정없고 위패없는

젊은 넋들 데불고 오소

하루 액이 사납던가

원맥이 그만친가

서양귀신 탓을 마소

거리 객사 흉을 마소

극락가기 원이 되고

시왕가기 한이 되어

신을 놓고 옷을 벗어

둘러보고 또 돌아보네

\>

하늘에서 오실 분도

땅에서 오실 분도

오실 분은 다 왔는데

사람 중에 그 한 사람

그 사람을 기다리네

원혼들이 기다리네

내 얼굴을 기다리네

내 위패도 붙여주소

얼굴없이 죽은 귀신

이름없이 죽은 귀신

누가 모셔 간답디까

\>

부디부디 제발제발

이 원혼을 풀어주소

— 이태원 참사를 기리며

바이킹

세상은 한 척의 배
바람을 타고 파도를 저어
한 번은 좌로 한 번은 우로
모두가 약속한 곳으로 가는 거야
선장은 바꿔가며

우리의 약속은
두루 인간을 이롭게 하는
안위와 행복의 시대
그때를 향해 우리는 오천 년을 달려왔고
지금도 나침반은 언제나 그곳을 향해 있지

우리는 한배를 타고 있어

안전을 약속받고
스릴을 만끽하려
노동의 품을 아낌없이 내놓은
나와 함께할 모두의 즐거움이
우리에게 달렸지

선장은 먼바다를
조타수는 정침을 복창하지만
객들은 알고 있지
가야 할 곳을 모르는 선장과
조타수의 변명을

한없이 올라가는 즐거움과

끝없이 내려가는 스릴에

고함을 지르고 즐거운 비명으로

순간을 만끽하지만

승선객은

배와 같은 운명

꽃이 지는 시간은 열흘

바이킹이 멈추는 시간은

겨우 4년 반

선장도 조타수도

우리는 믿지 않아

그들은 다음 항구에서

아니면 그 전이라도

반드시 대체되니까

그래도 바이킹을 내리지 않는 이유는

지금까지 누가 몰아도 잘 견뎌왔다는 것

선장도 모르게

조타수도 모르게

배의 곳곳을 우리가

손봐왔다는 절대 믿음 때문이야

승객 중에는

위대한 선장과 훌륭한 조타수

배를 만든 장인과 수리공이

수없이 있었고 앞으로도 있을 거야

\>

많은 이들이 내리고 싶어 하는

이런 바이킹의 시대는 없었어

버릴 수도 없고

앉아 있자니 더없이 불안한

그래도 어째?

또 한 번 좌충하고 우돌하며

앞으로 나아가야지

배는 바꿀 수 없지만

선장은 바꿔가면서

삼겹살 명상

살아서 생명

죽고 나니 고기더라

버려서 시체

입에 넣어 음식이란다

잘근잘근 씹으며

어찌할까 이 삼매

찾아나 보아라

삼겹살 놈 간 곳 없다

굽히는 놈 뜨겁다

유황불에 뒤틀린다

오늘은 내 차례
내일은 니 차례

굽는 놈 굽히는 놈
그 순서 알고 싶다

한여름의 법문

필부는 스승을 찾고

스승은 조사를 찾고

조사는 부처를 찾고

부처는 진리를 찾고

진리는 필부를 찾고

한여름 절집

매미는 울고

오도송

선탠오일한병타월한장바다로간다

엠병헐놈의해는도대체어디로갔나

선탠오일한병타월한장바다로간다

상무주 가는 길

산 높아

구름 더욱 짙네

길은 오래전부터

오리에 무중이니

상무주를 찾는 이여

발밑을 보라

돈수화
— 통도사 극락암에서

극락암 마당에

죽은 듯 서 있는

경봉선어 다 받아내신

상처 투성이 굽은 허리

꽃은 자고로 단숨에

피우는 거라고

노목의 환생,

\>

거대한

할!

다비

만장을 모두 거두어라 그는

차마 부처를 죽이지 못했다

목탁도 모두 태워버려라 염불은

갈 곳을 잃고 다비는

하염없이 허공을 내려다본다

지옥 불은 꺼질 줄을 모른다 앳된 중의 눈물로

사리를 세지 마라

놓아두라

한 줌 재도 많다

부산, 부산 사람, 부산말, 부산의 품
— 김홍희 시집 『부산』의 의미

정 훈 문학평론가

부산, 부산 사람, 부산말, 부산의 품

— 김홍희 시집『부산』의 의미

정 훈 문학평론가

　　유명한 사진작가로 활동 중인 김홍희 작가가 시집을 펴내리란 사실은 평소에 상상하지 못했다. 작가의 시적 감성이나 필력을 의심해서가 아니라, 내가 보통 알고 있는 상식으로는 시인이나 소설가가 사진 작품을 더러 글과 함께 엮어내거나 전시하는 경우는 보았어도 전문 사진작가가 시집을 내는 경우는 과문한 탓인지 보지 못했기 때문이다. 이런 의미에서 김홍희의 이번 시집은 남다르고 특별한 데가 있다. 나는 그를 TV에서만 보았다. 같은 부산에 살면서도 만날 기회를 얻지 못했기 때문이다. 활동하는 장르가 달라서이기도 하겠지만, 십여 년 터울의 나이 차도 한몫을 했을 수 있다. 어쨌건 사진과 문학이라는, 장르가 다른 작품활동을 각자 해오고 있어서 먼발치라도 나는 그의 얼굴을 본 일이 없다. 더러 SNS나 미디어를 통해서 그의 왕성한 활동을 보고 들었다. 걸쭉한 부산말로 국내외 이곳저곳을 설명하는 모습에서 사람을 잡아끄는 매력이 많은 분 정도로만 그는 나에게 인상을 남겼다.

아직 나와 그럭저럭한 인연으로 엮이지 않은 그지만 이번 시집 발간으로 특별한 인연이 되었다. 그건 나에게도 행운이나 다름이 없을 것이다. 그의 시집에 수록된 시제들에 나오는 지명만 훑어봐도 얼마나 이곳 부산을 사랑하고 아끼는 작가인지 단박에 알 수 있다. 황령산, 해운대, 자갈치, 이기대, 오륙도, 서면, 복천동, 산복도로, 문현동, 몰운대, 달맞이 언덕, 낙동강, 기장 등이 그렇다. 이름만 들어도 정겹고, 아련하고, 그립고, 당장이라도 달려가고 싶은 기분이 생긴다.

누구나 마찬가지겠지만 자신이 살고 있는 지역에 대한 정서와 느낌은 남다르다. 단순하게 '향토애'라는 말로는 많이 부족한 느낌과 기분이 들게 마련이다. 오래 살았던 터전이기 때문에 그런 감정이나 정서가 생기는 건 분명 아닐 것이다. 애착이나 사랑의 감정으로도 설명하기 힘들다. 뭐라고 할까. 벗어나 있으면 늘 아른거리고, 막상 돌아오면 본래부터 이곳에 머물러 있었던 것처럼 이물스럽지 않고 포근한 느낌이다. 발문을 쓰고 있는 나 자신도 그렇다. 중학교 2학년 때 부산으로 전학을 와서 지금껏 살고 있지만, 부산이 주는 묘한 매력을 한마디로 말하기 힘들겠다는 사실을 고백한다. 많은 이들이 부산을 말해왔고, 부산을 썼으며, 부산을 전시했다. '부산학' 열풍이 2000년대 이후 이곳 부산을 가득 메웠다. 그리고 전국에 부산을 알리기도 했다. 이 나라 제2의 도시라거나 최대의 항만도시라는 상투화된 캐치프레이즈만으로 부산을 말하기는 택도 없다.

부산, 이곳은 수많은 지역 가운데 하나로서만 자리매김 되어 있지 않은 도시다. 나는 그렇게 생각한다. 부산은 다른 항구도시와는 전혀 다른 의미와 맥락을 품은 도시다. 부산은 한국 근현대사에서 남다른 자리를 꿰찬 도시이고, 특별한 풍경을 연출한 도시이기도 하다. 다른 지역에 비해 토박이가 별로 없다고는 하지만 여러 지역에서 흘러들어 온 사람들이 어우러져 만들어낸 다양한 빛깔이 공존하는 땅이다. 그 땅이자 보금자리인 부산은 저 자신을 가감 없이 보여주면서도 남몰래 숨겨온 슬픔을 오랫동안 간직한 고장이기도 하다. 필설로 형용할 수 없는 복잡한 심경을 자아내는 곳이 바로 부산이다. 부산에 살면 알게 된다. 조금은 투박하고, 조금은 담백하고, 조금은 인정과 의리가 넘치지만, 그러면서도 조금은 숙맥菽麥 같은 면도 없지 않다. 그런데 묘한 사실은 거기에서 부산의 매력이 나온다는 점이다.

나에게 부산은 개인의 애증사이지만, 크게는 민족의 시련을 송두리째 받아들이고 넉넉히 채워준 가마솥이다. 전쟁으로 밀어닥친 피난민들의 삶을 고스란히 안아준 터이자 독재에 항거한 수많은 열사를 낳은 곳이다.

　바깥으로는 물건을 내다 파는 관문으로, 안으로는 민족의
주린 배를 채우는 입의 역할을 건강하게 해온 불 밝힌 항구
다. 정치적 멸시와 천대를 두려워하지 않고 야당으로 살기를
수십 년. 그래도 꿋꿋하기만 하고 뒤끝 없는 사내들의 바다이
자 억척스런 삶을 시장바닥에서 보낼지언정 자식만은 당당히
키워낸 어머니들의 땅이다.

　　―「부산」부분

　시집의 첫 장을 장식하는 작품의 한 대목이다. 시인도 밝
히듯이 부산은 "민족의 시련을 송두리째 받아들이고 넉넉
히 채워준 가마솥"이자 "피난민들의 삶을 고스란히 안아준
터이자 독재에 항거한 수많은 열사를 낳은 곳이다." 아울러
"물건을 내다 파는 관문"이자 "민족의 주린 배를 채우는 입
의 역할을 건강하게 해온 불 밝힌 항구다." 여기에 그치지

않고 "꿋꿋하기만 하고 뒤끝 없는 사내들의 바다이자 억척스런 삶을 시장바닥에서 보낼지언정 자식만은 당당히 키워 낸 어머니들의 땅"이 바로 부산이다. 워낙 사람들이 부산을 말할 때 곧잘 언급하곤 하는 내용이라 특별할 것도 없지만, 그 속을 자세히 들여다보면 부산에 대한 이야기를 들을 때 미처 잡아내지 못한 결들을 매만질 수 있다. 식민지와 전쟁을 경험한 항구도시 부산의 내력은 한국 근현대사의 비극을 고스란히 안을 수밖에 없다. 물자와 사람이 빠져나가고 들어오는 부산항의 기구한 역사를 조금만 훑어보아도 부산이 걸어왔던 가시밭길을 헤아릴 수 있다. 이곳은 한탄과 눈물, 그리고 희미하나마 희망을 점치며 악착같이 생명을 부여잡은 사람들이 질기게 목숨을 이어온 곳이다.

이런 복잡다단한 역사의 계단을 오르내리면서 형성된 부산이기에 길마다, 골목마다, 집마다, 강과 바다와 산기슭마다 켜켜이 쌓인 시간의 내력이 주름져 있다. 한편으로는 눈물겹고 또 다른 한편으로는 끈적끈적한 정과 마음이 널리

퍼지고 배어 있는 곳이기에, 부산 사람으로 사는 일은 생명의 빛과 그늘을 한꺼번에 흡수하면서 축축하게 젖어오는 울컥함이나 아리고 쓰라린 페이소스를 떠올리는 일과도 비슷할 것이다. 아니, 어쩌면 그보다 훨씬 더 말로 형용할 수 없는 감정이 들어 있을 것이다. 부산을 단순하게 대도시나 관광도시, 혹은 투박한 사투리의 항구도시로만 여기는 사람들에게는 결코 부산의 매력을 설명할 수 없다. 매력은 스스로 만들어내는 성품의 일종이기도 하겠지만, 저도 모른 채 다른 사람들에게 자신의 기운과 빛깔을 전해주는 점과도 상통한다.

미천한 재주를 한탄하며 바위틈에 쪼그리고 앉아 있는데 어느새 도시가 불을 밝히기 시작했다. 약속이나 한 듯 사람이 만든 불이 일시에 바다를 드러내고, 어두운 산을 드러내고, 새로운 길을 만들고, 그 길은 모두 집으로 집으로 이어졌다. 바위틈을 빠져나온 나는 어둠 속에서 카메라를 챙기며 홀로 말했다.

　　"그래, 동쪽이면 어떻고 서쪽이면 어떠냐? 사람이 살지 않

　　으면 별인들 무슨 소용이고 봉수댄들 무슨 소용이냐? 카메라

　　는 온 우주를 다 담아도 그 무게 하나를 더하지 않는 법."

　　　　　―「황령산」부분

　　황령산 정상에 올라 바라보이는 부산의 풍경을 찍으려 했

지만 계획에 옮기지 못하고 결국 산에서 내려온 경험을 담

은 글이다. 사진에 문외한이라 쉽사리 뭐라 하긴 그렇지만,

사진도 예술의 한 갈래이기 때문에 사진이 지닌 작가의 철

학과 세계관이 들어가 있음에 분명할 것이다. 눈에 보이는

풍경을 각도의 방향과 어떤 피사체에 주안점을 주느냐에 따

라 다양한 느낌과 해석을 불러일으킬 것이다. 작가가 원하

고 뜻하는 그림이 나오지 않으면 아무리 남들이 봐서 근사

한 사진이라도 작가로서는 실패작이나 다름이 없다. 그런

데 나는 위 시에서 작가가 생각한 최적의 프레임을 찾지 못
하고 실패해서 포기했다는 드러난 의미보다는, 산 정상에서
바라보는 부산의 풍경에서 작가가 터득한 순간의 깨달음에
위 시의 진정한 메시지가 들어 있는 것처럼 보인다. "미천
한 재주를 한탄하며 바위틈에 쪼그리고 앉아 있는데 어느새
도시가 불을 밝히기 시작했다. 약속이나 한 듯 사람이 만든
불이 일시에 바다를 드러내고, 어두운 산을 드러내고, 새로
운 길을 만들고, 그 길은 모두 집으로 집으로 이어졌다."는
구절에서 어떤 말할 수 없는 느낌이 찾아오는 걸 어쩔 수 없
다. 풍경의 한복판에는 결국 사람이 있었고, 사람이 몸을 뉘
는 보금자리가 있었던 것이다. 물론 사람이 나오지 않는 사
진 작품도 있지만, 사람이 살아가는 터전을 이루는 바다와
산조차 사람의 영역을 뺀다면 맥없는 정물로만 그친다는 사
실이 떠오른다. 작가는 시간이 지남에 따라 천변만화하는
부산의 한 풍경을 내려다보면서 많은 생각이 들었을 것이
다. 한 마디로 규정 내릴 수 없는 이곳 부산의 표정을 어떻

게 달리 설명할 수 있을까.

　김홍희는 이번 시집에서 부산을 중심으로 자아내는 갖가지 느낌과 의미를 다양한 시선으로 엮어낸다. 중심에는 역시 부산이 있지만, 지금까지 살면서 깨달았던 삶의 의미를 진술하게 풀어낸다. 그 어조에는 질박하면서도 진정성이 묻어 있다. 그의 '부산학'은 필설로 해명할 수 없는 개별 감각과 정서로 가득 차 있지만, 그가 고백하는 자전적 삶에서 비롯하는 메시지는 보편적인 앎과 인식에서 샘 솟는 지혜가 들어 있다. '부산'이라는 개별성과 '인생'이라는 보편성이 만나면서 빚어내는 성정의 향이 새롭다. 이것이 아마 김홍희의 매력이 아닐까. 한 사람의 매력은 그의 삶에서도 형성되지만, 어떤 말을 쓰느냐에 따라서도 결정된다는 점을 상기하면 될 것이다. 이런 사실은 하루하루 자신의 일을 게을리하지 않고 생각의 두께를 늘리는 삶에서 엿볼 수 있다.

　저의 어머니 정수선 권사님은 이미 팔순 중반을 넘기고 계

시고

저는 한 눈 없이 회갑 진갑을 다 지나 육십 중반을 향해 갑
니다.

이쯤 살아보면 세상에는

없어도 견딜 만한 것들이 많다는 것을 압니다.

감동과 사랑이 그래도 세상에 있다면

우리의 삶은 고초로 피우는 꽃인 셈입니다.

―「한 눈으로」 부분

한쪽 눈이 보이지 않는 상태로 "이쯤 살아보면 세상에는/
없어도 견딜 만한 것들이 많다는 것을" 알게 되었다고 작가
는 말한다. 아울러 "감동과 사랑이 그래도 세상에 있다면/
우리의 삶은 고초로 피우는 꽃인 셈입니다."라고 했다. 청년
을 지나고 장년의 한복판을 지나면서 살아온 소회를 밝히고

있다. 이 몇 개의 문장 속에 미처 말하지 못한 이야기들이 다닥다닥 붙어 있으리란 짐작을 하게 된다. 그건 아마 두말할 필요도 없이 삶의 자명한 지혜로 수렴된다. 자신을 비우고 내려놓아서 더 이상 부릴 욕심이 없는 상태로 해석해도 될는지 모르겠다. 우리 삶이 "고초로 피우는 꽃"이라는 진술은, 숱한 역경과 고난 속에서 터득한 인생에서 찾을 수 있는 의미와 가치가 결코 헛되지 않다는 깨달음에서 나왔을 것이다. 시련과 고통을 온전히 감내하면서도 다가올 시간에 펼쳐질 밝은 세계에 대한 믿음을 버리지 않는 삶의 태도야말로 살아가면서 끝내 버리지 않아야 할 덕목이 아닐까. 이런 눈으로 바라보는 세상에도 더러 비극과 슬픔이 잡히겠지만 더욱 큰 긍정과 낙관의 빛을 믿기에 시인은 지금도 당당하게 자신의 작업을 펼칠 수 있는 것이다.

기억해낼 수 없는 어제는 눈을 감고 되새겨야 한다. 눈을 감은 곳에 길이 있다. 해녀들은 원망과 체념의 말 대신 오늘

집을 나서며 있었던 집안 이야기로 공허한 폐허를 메운다.

그럼! 절망으로 메울 수는 없지. 일상으로 메워야지.

밤이 되자 등대에 여지없이 불이 들어온다. 폐허 전의, 기
억의 불을, 사랑하는 당신이 밝혔다.
　―「오륙도 등대」부분

작가의 '인생 낙관론'은 「오륙도 등대」에서도 환하다. "눈
을 감은 곳에 길이 있다. 해녀들은 원망과 체념의 말 대신
오늘 집을 나서며 있었던 집안 이야기로 공허한 폐허를 메
운다.// 그럼! 절망으로 메울 수는 없지. 일상으로 메워야
지."와 같은 진술이 특히 그렇다. 나날이 닥쳐오는 고통과
절망을 언제까지 마음에 담으며 살지는 못한다. 이 점은 생
명의 원리를 생각하면 이해할 수 있다. 모든 생명에게 어느
한쪽의 상태가 지속되는 일은 벌어지지 않는다. 한쪽이 기

울면 또 다른 한쪽이 일어나는 게 생명의 원리고 이치다. 빛이 있으면 그늘이 반드시 있는 것과 마찬가지다. 하루하루 생명을 이어가는 일에서 벌어지는 온갖 일들과 감정을 가만히 들여다보면 결국 자신의 마음이 얼마나 평온하냐에 따라 앞날의 공기가 결정되는 것처럼 보이기도 한다. 이런 마음을 붙잡는 일만큼 어려운 것도 사실 없다. 모진 풍파를 겪으면서도 꺾이지 않는 의지의 심지는 생명의 힘줄을 더욱더 단단하고 여물게 만든다. 낙관주의자나 낙천주의자는 자신에 대한 믿음을 버리지 않는 자이다. 어느 누구 할 것 없이 평등하게 찾아오기 마련인 시련을 어떻게 받아들이느냐에 따라 운명의 방향이 잡힌다는 사실은 시간이 우리에게 주는 선물이다.

상처받은 길에 대한 사랑은 사람들의 발걸음이다. 욕망은 청춘을 상처 주고 상처받은 청춘은 사람들의 발걸음으로 아문다. 욕망으로 상처받고 사람들의 발걸음으로 단단히 아문

것이 길이다. 아물지 않은 것은 아직 길이 아니다. 단단히 아
문 것만이 다른 상처를 치유하기 때문이다.

　　그래서 길은 단절을 넘어 연결을 꿈꾸는 자다.
　　—「산복도로」부분

　　부산 지형을 구성하는 독특한 형상 가운데 하나인 '산복
도로'를 매개로 해서 작가의 길에 대한 생각을 드러낸 작품
이다. 산복도로는 도시가 사람을 받아들이고 주거지를 확
대하는 과정에서 만들어졌다. 여기는 일제강점기를 지나
한국전쟁을 거친 뒤 물밀듯이 밀려온 사람들이 살아가기 위
해 어쩔 수 없이 선택해서 만든 공간이다. 도시계획이나 주
거정책이 뚜렷하지 않고 갈팡질팡했던 시절 비록 '난개발'
이라는 부정적인 명칭과 함께 묵묵히 시대를 견뎌왔던 이름
또한 산복도로다. 산복도로는 달동네, 서민, 배고픔, 도시빈
민 등의 숱한 낱말과 엮였다. 그래서 그 이름은 지난날 먹고

살기 위해 악착같은 삶을 영위할 수밖에 없었던 우리 부모님과 형제들의 삶을 자연스럽게 호출하기도 한다. 이렇게 개념의 외연 확장을 수도 없이 거치면서 마치 거미줄처럼 부산사람의 뇌리를 어지럽히지만, 속내를 들여다보면 그만큼 인정과 온기를 머금고 있는 곳이기도 한 것이 산복도로다. 작가는 그런 산복도로를 "욕망은 청춘을 상처 주고 상처받은 청춘은 사람들의 발걸음으로 아무는 것"으로 형상화한다. 무수한 사람들이 밟고 지나갔을 산복도로의 어지러운 형상에서 욕망과, 청춘과, 거기에서 배태된 상처가 아문 단단한 길을 떠올린 것이다. 그리고 그 길은 "단절을 넘어서 연결을 꿈꾼다". 사람과 사람을 이어주고, 마음과 마음을 이어주고, 급기야 한 생명과 다른 생명을 이어주는 역사가 농축된 선, 이 끝없이 산을 휘돌고 나오는 줄기에서 사람과 공간이 합심하고 어우러지는 존재의 모습이 자연스럽게 우리들의 상상으로 흘러 들어오는 것이다.

누가 지식으로 하늘의 구름을 셀 수 있으며

가슴속 지혜와 수탉의 슬기로

먹이를 사냥해 젊은 사자의

식욕을 채울 수 있겠는가

다만 한 생각과

창조의 때에 이르러

스스로 의심을 거두고 홀로 적요한

우리가 아는 모든 것들 또한

—「우리가 아는 모든 것들」부분

　이번 시집의 주요 소재인 부산과 함께, 불교적 세계관의 형상화는 작가의 사고를 형성하는 주요한 토대이다. 불교적 사유를 가져왔다고 해서 곧바로 종교적인 수행이나 믿음에 매몰되어서는 안 된다. 시와 종교는 다르기 때문이다. 이런 불교적 세계관과 맥을 함께하면서, 김흥희 작가의 가치

관을 엿볼 수 있는 작품이 여럿 있다. 그 가운데서 「우리가 아는 모든 것들」은 깊은 관념의 세계에서 끄집어낸 듯한 말들의 오솔길을 걷는 것처럼 사념의 공간으로 우리를 빠지게 한다. 그것은 우리가 흔히 지식이나 인식의 힘에서 비롯되어 세계를 해석하는 일의 어리석음에서 빠져나오는 일과도 같다. "누가 지식으로 하늘의 구름을 셀 수 있으며/ 가슴속 지혜와 수탉의 슬기로/ 먹이를 사냥해 젊은 사자의/ 식욕을 채울 수 있겠는가"는 다소 오묘한 의미를 지닌 듯한 구절이 그런 점을 증폭시킨다. 불교적 지혜와 '불가지론'의 철학적 속내가 버무려진 듯한 위의 말에서 우리는 스스로 믿음의 울타리에서 벗어나 자신의 인식에서 비롯하는 망상에서 자유로워져야 하는 당위를 일깨운다. 모든 것이 공空이고 무無라고 하는 무책임한 말도 아니다. 그것은 허무로 귀결해버려서 존재의 의미를 지워버리기 때문이다. 의심에 의심을 거듭한 마지막 상태는 의심마저도 방편의 하나라는 사실을 깨닫고 본래 무구한 지경으로 돌아가는 일일 것이다. 하지

161

만 우리 같은 범인凡人들은 그런 상태를 상상이나 꿈조차 꾸기 힘들다. 다만 작가가 언급한 대로 '우리가 아는 모든 것들'에 대해 되돌아보고 생각하는 시간을 한 번쯤 마련해보는 일도 보람있지 않을까 생각한다. 인간의 지식과 지혜가 아무리 많고 높더라도 허공에 둥둥 떠다니는 셀 수 없이 많은 '세계들'의 눈에서 보자면 티끌보다 못한 마음 한 자락에 지나지 않는다. 그러니 늘 겸손하고, 온유하고, 사랑과 자비의 마음을 유지하는 게 필요한 것이다. 작가도 이런 사실을 잘 알고 있다. 김홍희의 부산사랑은 곧 인간애와 우주애와 연결된다. 이것은 작가가 발 딛고 사는 장소와 공간에서, 작가와 마찬가지로 숨을 쉬며 살아가는 모든 부산 사람에 대한 믿음과 사랑에 지나지 않다.

그런 날 있지 않은가? 까마득한 옛사랑이 불현듯 떠오르는 날. 도무지, 아무런 이유도 없이 사랑에 미련하기만 했던 부끄러운 기억의 통로 속으로 빨려 들어가 허우적거리게 되는 어처구니없는 날. 왜 그런 날 있지 않은가.

　　밤새 입술을 맡겼던 눈 밑 검은 소주잔을 내던지고 주섬주

섬 카메라를 챙겨 옛길을 더듬다 어두운 기억의 긴 통로 끝에

서 마주치는 눈빛.

　　─「낙동강역」부분

　한 폭의 아름다운 풍경처럼 눈앞에 펼쳐지는 듯한 구절이

다. 지금은 운행하지 않는 경전선 낙동강역 부근이 눈에 훤

하다. 작가는 "그런 날 있지 않은가? 까마득한 옛사랑이 불

현듯 떠오르는 날, 도무지, 아무런 이유도 없이 사랑에 미련

하기만 했던 부끄러운 기억의 통로 속으로 빨려 들어가 허

우적거리게 되는 어처구니없는 날. 왜 그런 날 있지 않은

가."라 자문하듯 진술했다. 그런 날이 왜 없지 않겠는가. 시

인이 자문하듯 불쑥 직접적으로 내뱉은 말이 비수가 되어

가슴을 마구 후벼판다. 강가 흐르는 물속 깊은 곳에서 북받

처 오르는 설움 같은 사랑의 맹세는 바람을 따라, 흔들리는 나뭇가지의 흐느적거리는 눈길을 따라, 먼 곳으로 흘러가 버린 듯한 먹먹한 추억의 시간을 따라 지나가면서 지금 우리에게 손짓을 한다. 지나가버렸지만 늘 앞선 곳에서 다시 우리를 부르는 아름다운 사람과 풍경을 우리는 결코 잊을 수 없다. 우리가 살고 있는 이곳에서는 바다와 산과 강이 우리를 저 높은 곳으로 보듬어 올리고선 천천히 우리 보금자리에 넌다. 그 포근하고 따뜻한 손길이 있어서 우리는 다시 살아갈 수가 있는 것이다.

　김홍희는 그런 따뜻하고 온정이 넘치는 자리에서 둘러보면서 기록하고 새기는 사람이다. 그에게서 결코 떨어져 나갈 수 없는 시간의 품은 나날이 또렷해지고 명확해짐에 틀림이 없다. 천천히 흐르는 산허리의 각도에서 미끄럼을 타면서 북받쳐 오르는 사랑의 감정에 흐느끼면서도 아픈 자리 놓치지 않는 서늘한 눈매를 지닌 사람이 김홍희. 그는 사진작가 이전에 평범한 부산 사람이며, 시인이기 전에 부산

말로 노래하고 대화를 나누는 이웃집 아저씨다. 그는 예술가이기 전에 부산의 품에서 노닐면서 그림을 그리는 천진난만한 소년이다. 이 소년은 자신을 키워준 곳, 바로 이곳 부산이 내어준 모든 꿈과 희망과 사랑을 잊지 않고 소중히 간직하고 있는 의리 넘치는 청년이다. 한 줄 빛처럼 은혜처럼 내리꽂히는 예술의 영감이 그를 휘돌아 나갈 때면 또다시 새로워진 공간과 풍경이 그 앞에 오랜 나무처럼 서 있을 것이다. 이 나무는 지나간 시간 속에서 아우성치며 애타게 불렀던 이웃들의 입술과 옷자락이 스쳐간 일기장이다. 한 장 한 장 넘기면 보이는 세계의 속살을 천천히 매만지면 되살아나는 부산, 부산 사람, 부산말, 그리고 포근한 부산의 품을 만날 수 있다. 억수로 치솟아 올라 더 이상 어찌할 수 없을 지경에 이르러 눈물 되어 흘러내린다. 부산이 우리에게 준 축복이요 선물이다.

김 홍 희

사진과 철학, 국문학과 문화학 전공. 1985년 도일하여 도쿄 비주얼 아트에서 사진은 물론 뼛속까지 전업 작가로 살아남는 법을 익혔다. 2008년 일본 니콘의 '세계 사진가 20인'에 선정되었고, 2019년 '애지신인문학상'에 당선되어 시인으로 등단했다. 비교종교학과 역사와 지리에 흥미가 많으며 뇌와 마음의 활동에 지대한 관심을 가지고 있다. 사진가로서 30회 가까운 개인전을 치렀고, 작가로서《국제신문》의 '세상 읽기' 칼럼을 8년, 'Korea Now'를 1년 4개월 연재했다. 불꽃같은 삶을 추구해왔고 앞으로도 그럴 것이다. KBS〈명작 스캔들〉의 MC, EBS〈세계테마기행〉볼리비아, 짐바브웨, 인도네시아 편, 부산 MBC〈포토에세이 골목〉, 채널 T〈김홍희의 모터사이클 다이어리〉10부작 등 텔레비전 방송을 통해 경상도 사나이 특유의 재담과 훈훈한 인상을 시청자들에게 남기기도 했다. 저서로『방랑』,『나는 사진이다』,『세기말 초상』,『결혼시말서』,『아무것도 보지 못했다』,『몽골 방랑』,『상무주 가는 길』,『김홍희 사진 택리지 – 루트 777』,『사진 잘 찍는 법』등이 있고 현각 스님의『만행 – 하버드에서 화계사까지』, 법정 스님의『인도 기행』, 조용헌의『방외지사』등에 사진을 실었다.

김홍희 시인의 첫 시집『부산』은 '2008년, 일본 니콘 선정의 세계적인 사진 작가'가 '언어로 찍은 사진이자 사진으로 쓴 언어의 시집'이라고 할 수가 있다. 요컨대 시와 사진이 하나가 되고, 사진과 영혼이 하나가 된 우리들의 영원한 고향인 '부산'을 노래한 시집이라고 할 수가 있는 것이다.

이메일   kopho051@gmail.com